तेरे इश्क में पड़ जाऊँगा

बादल शर्मा उर्फ़ बादल भैया—मशहूर भारतीय स्टैंडअप कॉमेडियन, कवि और कहानीकार हैं जो पूर्वी दिल्ली से निकलकर देशभर में अपनी अनूठी कला के लिए पहचाने जाते हैं। वह 'पोमेडी' (कविता और हास्य का मिश्रण); जिसमें ज़िंदगी के रोज़मर्रा के अनुभवों और व्यक्तिगत कहानियों को हास्य और काव्यात्मक अंदाज़ में पेश किया जाता है, विधा की शुरुआत करने वाले और उसके चमकते सितारे हैं। उनकी प्रस्तुतियाँ हँसी-ठहाकों के साथ-साथ संवेदनशील विचारों को जन्म देती हैं। मार्च 2021 में यूट्यूब पर अपने करियर की शुरुआत करने वाले बादल शर्मा ने अपनी मज़ेदार और भावपूर्ण पेशकश से बेहद कम समय में ही दर्शकों का दिल जीत लिया और देश-विदेश के कई मंचों पर अपने हुनर का परिचय दिया है। वह साल 2025 में जियो हॉटस्टार पर रियलिटी टीवी शो 'The Society' के रनरअप रहे। उनके यूट्यूब चैनल पर 90 हज़ार से ज़्यादा सब्सक्राइबर्स हैं जिसके अब तक 60 लाख से अधिक व्यूज़ हैं। चाहे लाइव शो हो या डिजिटल मंच, बादल शर्मा का जादू हर जगह छाया है। यह किताब उनका पहला काव्य-संग्रह है।

तेरे इश्क़ में पड़ जाऊँगा

बादल शर्मा

MANJUL
मंजुल कथाकार
मंजुल पब्लिशिंग हाउस का इम्प्रिंट

MANJUL

मंजुल कथाकार

मंजुल कथाकार, मंजुल पब्लिशिंग हाउस का इम्प्रिंट है

कॉरपोरेट एवं संपादकीय कार्यालय

• द्वितीय तल, उषा प्रीत कॉम्प्लेक्स, 42 मालवीय नगर, भोपाल-462 003

विक्रय एवं विपणन कार्यालय

• सी–16, सेक्टर 3, नोएडा, उत्तर प्रदेश, 201301

वेबसाइट : www.manjulindia.com

वितरण केन्द्र

अहमदाबाद, बेंगलुरू, कोच्चि, कोलकाता, चेन्नई,
हैदराबाद, मुम्बई, नई दिल्ली, पुणे

यह संस्करण मंजुल कथाकार में मंजुल पब्लिशिंग हाउस प्रा. लि.
द्वारा 2026 में प्रकाशित

तेरे इश्क़ में पड़ जाऊँगा

ISBN 978-93-7317-185-2

आवरण सज्जा : विकास तंवर

टाइपसेटिंग : डीजीअल्ट्राबुक्स प्रा. लि., नई दिल्ली

मुद्रण व जिल्दसाज़ी : रेप्रो इंडिया लिमिटेड

1

जो कुछ नईं बताना होता, वो भी कहना पड़ता है
सारा-सारा दिन कमरे के अंदर रहना पड़ता है

मुझसे न कोई हँसकर मिलता है न कोई बिगड़ता है
बाल बाँधना अच्छा तो नईं लगता, करना पड़ता है।

2

यार एक बात समझ आई है
शायरी कुछ नईं, तन्हाई है

तुमको मालूम पड़ रहा जादू
ये मेरे हाथ की सफ़ाई है

शायरों को बहुत नईं मिलता
यहाँ बस दाद ही कमाई है।

3

वो चाहे ब्लॉक रखे
उसका नंबर याद है मुझको

महीना है जन्मदिन का
नवंबर याद है मुझको।

4

मैं तुझसे ज़्यादा डरा हुआ
करता तेरी रखवाली हूँ
मैं ख़ुद ही ख़ुद से भरा हुआ
मैं ख़ुद ही ख़ुद से ख़ाली हूँ

कभी मृत्यु का-सा हूँ सूनापन
कभी जन्म की-सी ख़ुशहाली हूँ
कभी जंगल का-सा सन्नाटा
कभी शहरों की दीवाली हूँ

मैं कभी कृष्ण-सा हूँ नटखट
कभी हलधर-सा बलशाली हूँ
कभी भक्त हूँ मैं बजरंगी-सा
कभी आड़े आया बाली हूँ

कभी अमृत जैसा मीठा हूँ
कभी ज़हर की भरी प्याली हूँ

कभी शूर्पणखा हूँ लंका की
कभी कुरुक्षेत्र पांचाली हूँ

कभी अभिमन्यु-सा पराक्रमी
कभी शकुनि जैसा चाली हूँ
मैं तुझसे ज़्यादा डरा हुआ
करता तेरी रखवाली हूँ

मैं ख़ुद ही ख़ुद से भरा हुआ
मैं ख़ुद ही ख़ुद से ख़ाली हूँ
कभी तुमसे सभी बताता हूँ
कभी ख़ुद ज़िद पर अड़ जाता हूँ

कभी करता हूँ तेरे मन की
कभी सब अपनी करवाता हूँ
कभी हूँ कुबेर की दौलत मैं
कभी फक्कड़ की कंगाली हूँ

कभी सोने-सा सौ टका खरा
कभी नोट मिला मैं जाली हूँ
मैं तुझसे ज़्यादा डरा हुआ
करता तेरी रखवाली हूँ।

5

मैंने तुझको एक जगह पर खोया था
अब तू मुझको जगह-जगह पे मिलता है

मेरे मिलने की बस एक वजह है तू
और तू मुझको वजह-वजह से मिलता है।

6

बस इस बार तो पूरी दुनिया मोह लूँगा
नया-नया श्रृंगार सीखकर बैठा हूँ

मुझको अब भी कासानोवा कहती है
वो जिससे मैं प्यार सीखकर बैठा हूँ।

7

तुझसे अच्छा दुख है तेरा
गले लगाकर रखता हूँ

ये शबरी के बेर, ये धोखे
मैं खा-खाकर रखता हूँ।

8

जो मैं चाहूँ वो मुझको बस बनने दे
तेरी आँखों का कोलंबस बनने दे

कई दिनों से तेरी तस्वीरें लेनी थीं
हिल मत पगली रुक कर फोकस बनने दे

मैंने जिस लड़के को खोया बचपन में
अब मुझको वो लड़का वापस बनने दे।

९

तेरी बातें सब को यार बताते हैं
तुझसे थोड़ा डरते हैं, शरमाते हैं

मर्दों को तुम जिस दिन रोता देखोगे
जानोगे सैलाब कहाँ से आते हैं।

10

अपने लहू से सींच कर
तेरा पनपना देखेंगे,

तेरे आख़िरी फेरे तक
हम तेरा सपना देखेंगे।

11

कुछ तो बादल ऐसा कर
सबकुछ पहले जैसा कर

गले लगा और बोसा दे
माफ़ करे तो ऐसा कर

अब तो तुझ में दिल भी है
अब ना पैसा-पैसा कर।

12

मैं अपनी तासीर बदल दूँ
या फिर अपना पीर बदल दूँ

उसका रोका हो जाए तो
बटुवे की तस्वीर बदल दूँ

मर जाऊँगा चैन से
एक कहानी का आख़ीर बदल दूँ

तुझको खारा लगता है तो
मैं सागर का नीर बदल दूँ?

नाम इसे वरमाला देकर
आ तेरी ज़ंजीर बदल दूँ।

13

मैं सुधर-सुधर के सुधरा हूँ
मैं फिर से बिगड़ जाऊँगा

तुम पूछोगे कि कैसे हो
मैं इश्क़ में पड़ जाऊँगा।

14

उसने बुलाया दरिया किनारे तो जाओगे?
नदिया के पार पुल के सहारे तो जाओगे?

पूरी ग़ज़ल तो याद नईं इतना याद है
उसने कहा था, इश्क़ में मारे तो जाओगे।

15

शराब ला सकूँ बस इतना कमाता हूँ, मेरी जान
मैं पीता नईं हूँ, मैं पिलाता हूँ, मेरी जान।

मैं ख़ुदकुशी से चार क़दम दूर खड़ा हूँ
और ज़िंदगी के गीत सुनाता हूँ, मेरी जान।

पंखे से लटकना भी है एक रास्ता मगर
इस घर में मैं अकेला कमाता हूँ मेरी जान।

16

हम को बाहर मिलकर बातें करनी हैं
तू इस पर भी ना-ना करता रहता है

हमसे अच्छा तो वो तेरा दोस्त रहा
तेरे घर के अंदर बैठा रहता है

जिसने हमको प्यार दिखाया मतलब से
वो किस बात का हमसे झगड़ा करता है

जिसकी जितनी ज़िम्मेदारी बढ़ती है
वो उतना कम रोना-धोना करता है

17

मैं उसको कैसे बे-वफ़ा कह दूँ
उसने मिलवाया मुझको फ़ैमिली से

जब मेरे हाथ में कलम आई
मैंने मिलवाया स्नेप को लिली से

मुझसे तू कहके बात करते हैं
उसके ऑफ़िस के लड़के मामूली से।

18

मैं तेरी बात बताते ही रोने लग गया हूँ
लोग कहते हैं कि आते ही रोने लग गया हूँ

मैं तेरे गाँव से तो ठीक निकल आया था
नदी के मोड़ पर आते ही रोने लग गया हूँ

लद गया जीप में सामान-ओ-सफ़र सब लेकिन
मैं तेरा बैग उठाते ही रोने लग गया हूँ।

हुआ था तय कि मिलकर विसाल काटेंगे
मैं उसको हाथ लगाते ही रोने लग गया हूँ

ख़फ़ा है यार मेरा, बोलता नईं लेकिन
मैं उसके आँख दिखाते ही रोने लग गया हूँ

19

मैं जब ख़ुद को बदलता हूँ, तुम्हारी याद आती है
बताओ कैसी हो, बदली हो क्या? वैसी रही हो क्या?

मेरे दिल में तेरे नाम की हलचल-सी बाक़ी है अभी
कि नंगे पाँव दिल की घास पर तुम चल रही हो क्या?

पता है, मैं अब कभी ग़ज़लें पुरानी नई सुनता
बड़ा मायूस हो जाता हूँ, तुम सुनती रही हो क्या?

मैं कुछ कह गया, कुछ रह गया, कुछ बह गया आँखों से
तुम भी बूँद-बूँद आँसुओं को पी रही हो क्या?

न जाने क्यों तन्हाई में तेरा ग़म उभरने लगता है
सच-सच कहो एक पल भी अकेली रही हो क्या?

➡

मेरी कविताओं की अब हर कोई फ़रमाइश करता है
मुझे तुमको सुनानी हैं, सुनो तुम सुन रही हो क्या?

पता है मैं छः बरस से सिर्फ़ तुमको लिख रहा हूँ
कि तुम थोड़ा कम हुई हो, सच कहो उतनी रही हो क्या?

20

उस लड़की ने जितना प्यार दिखाया है
उसके बाद ही प्यार पकड़ना आया है

उससे बातें करते-करते एकदम से
मुझको दिल का तार पकड़ना आया है।

21

ख़्वाब तस्वीर नहीं होते हैं
ख़्वाब तो रोज़ बदल जाते हैं

भार उठता नहीं है अब उतना
और घुटने भी चरमराते हैं

तुमको मालूम है दरख़्तों को
हम अपना हाल-ए-दिल सुनाते हैं

तू जिन्हें दोस्त-दोस्त कहती है
वो हमें नोच-नोच खाते हैं।

22

सुनो तुम अब तो ख़ुश हो न, सुनो तुम सो तो जाती हो?
तुम्हें और काम नईं है मेरे सपनों में आती हो

वो जो तुम्हारी लिखी ग़ज़लें थीं किसको सुनाती हो?
कि मैं अब सो नईं पाता, हाँ तुम किसको सुलाती हो?

सुना है ख़ूबसूरत और ज़्यादा हो गई हो?
ये नूर-ए-हुस्न के पीछे यूँ ग़म को क्यों छुपाती हो?

क्या अब भी माँ को बैठाकर मेरी बातें बताती हो?
क्या अब भी देखती हो चाँद को, तुम छत पे जाती हो?

क्या अब भी धूप से बचती हो, ये चेहरा छुपाती हो?
क्या अब भी होती हो बीमार जब बाहर का खाती हो?

क्या अब भी हर दीवाली घर में रँगोली बनाती हो?
कि अब तुम होली पर किसके लिए ख़ुद को बचाती हो?

मुझे तुम कोशिशों में भूलने की याद आती हो?
क्या तुम भी दिल की मनमर्ज़ी के आगे हार जाती हो?

क्या अब भी साल पूरे गर्म पानी से नहाती हो?
है मेरा नाम क्या बादल या जैसे तुम बुलाती हो?

और अपना याद है वो नाम जो मैंने रखा था?
कोई ग़लती से भी बोले तो क्या तुम चौंक जाती हो?

कोई पूछे मेरे बारे में तो फिर क्या बताती हो?
कहानी कहती हो पूरी या बस कि चुप हो जाती हो?

सुनो तुम अब तो ख़ुश हो न, सुनो तुम सो तो जाती हो?
तुम्हें और काम नईं है मेरे सपनों में आती हो..

निभा न पाई वो जो आख़िरी वादा बताती हो?
क्या अब भी मुझको तुम हिस्सा अपना आधा बताती हो?

सुनो गर नींद न आए तो आँखें बंद कर लेना,
अगर वो भी न हो पाए तो साँसें मंद कर लेना,

कि सौ तक गिनती कह जाना
ज़रा-सा दूर रह जाना,
जो होगा दर्द सह जाना,
न बहकावे में बह जाना,

➡

तुम मेरे पास मत आना कि तुमसे दूरियाँ ही ठीक हैं,
हर बार मेरे पास आकर फिर
रुलाती हो कि जब तुम दूर जाती हो...

सुनो तुम सो तो जाती हो?

23

मैं जैसा भी हूँ, तेरा हूँ
मैं बादल हूँ, बरसात है तू

जिस दिन से दूर जिए हैं हम
उस दिन से ही मेरे साथ है तू।

24

ये जो है आवाज़ तुम्हारी उसकी है
मेरे सिर पर ज़िम्मेदारी उसकी है

मैं घर को बाहर से ताला मार आया
क्योंकि अंदर एक अलमारी उसकी है

मैं तो ग़म में हूँ और ऐसा दिखता हूँ
ख़ुश दिखने की कोशिश जारी उसकी है

मुझको वक़्त से पहले जो आ जाए तो
मेरी मौत की ज़िम्मेदारी उसकी है

मेरे घर में मिलने वाली कोई भी चीज़
जो तुमको लगे प्यारी, उसकी है।

25

सॉरी बोलोगे, कुछ चाल चलाओगे
कान के पीछे फिर तुम बाल लगाओगे

झुमके, बिंदी, काली कुर्ती और पायल
दिल को मेरे कितने जाल लगाओगे?

तुमसे पूछ रहा हूँ, भूल गए हो क्या?
तुमने तो बोला था, कॉल लगाओगे

आधा घंटा ऊपर-नीचे चलता है
तुम आने में इतने साल लगाओगे?

मैंने पूछा, नशा कौन-सा करती हो?
हँस कर बोली, काला माल! लगाओगे?

26

मेरा दिल तो अब भी तेरा है न यार
ज़िम्मेदारी ने भी घेरा है न यार

हर बारिश और सर्दी में आ जाती हो
मेरा ये दिल रैन बसेरा है न यार

भोले बाबा! हमको समझा भी देते
ये जो सब संसार बिखेरा है न यार

मैं तो सबको हँसकर नईं दिखा सकता
मेरे पास तो एक ही चेहरा है न यार

छोड़ पुरानी बातें, बस इतना बतला
मिलियन में से एक तो तेरा है न यार?

27

आज तुम्हारे शहर से गए निकाले हम
हम को क्या फिर आएँगे मतवाले हम

रोज़ तुम्हारे प्यार में जो पड़ जाते थे
अब नईं इस झाँसे में आने वाले हम।

28

एक परिंदे का घर तोड़ा, पाप कमाया ग़ुस्से में
मुसाफ़िरों को सही रास्ता नईं बताया ग़ुस्से में

जिस लड़के ने उसकी ख़ातिर मेहनत करना शुरू किया
उसको उसने आवारा, बेकार बताया ग़ुस्से में

पैसा मैटर नईं करता पर यार कमाया ग़ुस्से में
पाक-साफ़ दामन पर हमने दाग़ लगाया ग़ुस्से में

मुझसे बात नईं करनी न, अच्छा, फ़ोन नईं करता
औरों का क्या दोष है जो डीपी को हटाया ग़ुस्से में

वो कहती थी बालों को छोटा ही रखाकर बादल
जब से गई है मैंने इनको नईं कटाया ग़ुस्से में

➡

हमको कोसा, डाँटा और थोड़ा-सा रुलाया गुस्से में
हमें हमारे माँ-बापों ने प्यार सिखाया गुस्से में
सारे घर का ज़िम्मा, सबका भार उठाया गुस्से में
प्यार से देखा पैसे को और ख़ूब कमाया गुस्से में

कल से बात नईं करनी है कहकर काटा था लेकिन
नईं-नईं करते भी हमने फ़ोन उठाया गुस्से में

तुम लोगों की माशूक़ा तो प्यार में गुस्सा करती है
ऐसा है, मेरी वाली ने तो प्यार निभाया गुस्से में।

29

तेरे जाने पर भी ज़िंदा रह लूँगा
मैं तुझसे पहले भी ज़िंदा था न यार

उससे, इससे, किससे क्या-क्या कहना है
मिलकर बैठ तू पूरी बात बता न यार

तुझसे बात किए कुछ घंटे हो गुज़रे
याद आती है, मेरा फ़ोन उठा न यार

बार-बार जब एक ही बात को पूछा था
तब झल्लाकर ज़ोर-से बोली हाँ न यार

लाल टमाटर जैसी हो जाती थी वो
गुस्से में जब कहती थी कि जा न यार।

30

उम्र रही तो यार, कफ़ारे उम्र कटेगी
कैसे मानें बिना तुम्हारे उम्र कटेगी?

पीछे वाली जी ली, अब तो काटेंगे
ये जो तुझको बिना निहारे उम्र कटेगी

हम भी दरिया हैं और घर से भागे हैं
दरिया की दरिया के किनारे उम्र कटेगी

ले-दे के दो-चार दिनों की यार बची है
अब तेरी तस्वीर सहारे उम्र कटेगी।

31

तुझे ही मिलने की ज़िद थी रहती
प्यार तो क्या था, ग़ज़ब किया था

दिखाते हैं न फ़िलम में जैसे
क़सम ख़ुदा की, वो सब किया था।

32

फ़ोन उठाता है पर बात नईं करता
नंबर याद है, सेव मगर होता भी नईं

जितना तूने मुझको ख़ुद से भर डाला
उतना ख़ालीपन तो मुझे था भी नईं।

33

तू इस दुनिया का तो था ही नईं यारा
दुनिया वाले तो सिर्फ़ दिखावा करते हैं

तेरे जैसे लोगों के हम लायक़ नईं
सुनते कम तनक़ीदें ज़ादा करते हैं।

रोने दे नुक़सान सभी का साझा है
रोने दे हम दुख को साझा करते हैं

हम इंसान के बच्चे कोई फ़रिश्ते हैं?
हम नईं सुधरेंगे, हम वादा करते हैं।

34

एक अकेले कमरे में सारा जग रोया
सोशल डिस्टेंसिंग करके ही लगभग रोया

आज सुबह माँगा कि काश ये सपना हो
पूरी आँख खुली तो फफक-फफककर रोया।

35

नदी के मोड़ पर हमारे गाँव मिलते हैं
कभी बग़ैर सहेली भी आओ, मिलते हैं

एक शायर जो कभी मुद्दत में होता था
आज ये रील पे दर्जन के भाव मिलते हैं।

36

चल थे बचपन के ज़माने, जाने दे न, हो गया
अब क्यों आया है बताने, जाने दे न, हो गया

प्यार-व्यार क्या है? बस तेरे ख़याल आते हैं तो
भीग जाते हैं सिरहाने, जाने दे न, हो गया।

37

तुझे बिठाकर लिखेंगे
पास बुलाकर लिखेंगे

गाने के बोलों में तेरा
नाम छुपाकर लिखेंगे

सीधी-सीधी बात नईं
ज़रा घुमाकर लिखेंगे

तुझसे पर्दा नईं करेंगे
तुझे बताकर लिखेंगे।

38

जाने कैसे दिन हैं गुज़रे, रात भी कैसे जाती होगी
किसी न किसी बहाने मेरी बातें उससे बताती होगी

आसमान के बादल तुझको कितना तंग करते होंगे
बारिश नईं हुई तेरे घर घटा मगर छाती होगी।

39

मैं ख़ुद बात तेरी छेड़ता नईं हूँ कहीं
लोग ही पूछ लेते हैं कि बात होती है?

रोज़ सुबह ये सोचता हूँ आज कर लूँगा
रोज़ बस सोचते हुए ही रात होती है।

40

मैं तो ख़ामोश थी, जब पास तू धीरे-से आया था
मैं तेरी हो गई हूँ, जाने तुझको क्यों बताया था

कुसूर-ए-हिज्र है, तेरा न मेरा दोष है बादल
रुलाता है तुही हँसना भी तूने ही सिखाया था।

41

लाख कोशिश करे बयाँ न कर सकेगा
सादगी को ये मेरा हुनर तेरी

तू पकड़ना मेरा हाथ जब भी लगे
कि है ज़रूरत मुझे हमसफ़र तेरी

मैं ये सोचूँ कि कैसा लगेगा तुझे
माँगू तुझसे तस्वीर अगर तेरी।

42

वो मुझको आज़माना चाहता है
कि शायद दिल लगाना चाहता है

मैं जिसको चाहता हूँ वो ख़फ़ा है
वैसे मुझे सारा ज़माना चाहता है।

43

मेरे उसके मिलन से पहले तो
उसके गालों का रंग फीका था

सबसे बस हाथ मिला लेती थी
मिलने का एक ही तरीक़ा था।

44

मैं तो दुनिया को कोसता हूँ बस
बे-वफ़ा उसको तो कहा ही नईं

उसने वादा करके नईं तोड़ा मुझसे
फिर से मिलने का वादा था ही नईं।

45

तू तो मेरे ख़ूब पास रहता था
तू ने ही दूर कर दिया मुझको

क्या कहा मिलते रहेंगे फिर भी
नईं दो तुम ये दिलासा मुझको

जानकर रोयी वो शब-ए-हिजराँ
और फिर रोने न दिया मुझको

जाने कब टूटकर बिखर जाऊँ
छूना मत ज़रा-सा मुझको

तू मुझे दूर ले गया था कहीं
लौटकर मैं ही न मिला मुझको।

46

वो जो एक कर गया बर्बाद हमें
अब नई करता होगा याद हमें

कभी लगता है कॉल कर लेगा
चाहेगा मुद्दतों के बाद हमें

कभी मुश्किल से भुलाया उसका
फिर से नंबर भी याद आता है

कभी दरगाह पे माँगे उसको
टूटा तारा भी काम आता है

उसको भी याद आता होगा ना?
एक दिन भीग गये थे दोनों

एक झगड़ा जो बिना बात का था
कितने नज़दीक गये थे दोनों

मेरे उसके मिलन से पहले तो
उसके गालों का रंग फीका था

सब से बस हाथ मिला लेती थी
मिलने का एक ही तरीक़ा था

मैंने बाज़ू से पकड़ के उसको
फिर गले लगना सिखाया जैसे

वो मेरा काबा मेरा काशी था
वो महादेव का साया जैसे

जिसने बस एक बार कहने पर
कर लिये ग्रीन टिक थे ऑन अपने

जिससे आँखें मिलायी तो जाना
के पराये थे मेरे कौन अपने

जो मुझे एक बात कहने को
तीन-तीन दिन सताया करता था

बस ये लव यू नईं कहा उसने
वैसे पूरा जताया करता था
और उस चाँदनी के टुकड़े को
क़ैद करने के भरम को रख के

➡

मिल भी जाता तो कौन सा मेरे
दिल ने भरना था उसको तक तक के

मैं तो दुनिया को कोसता हूँ बस
बेवफ़ा उसको तो कहा ही नईं

उसने वादा कोई नईं तोड़ा
फिर से मिलने का वादा था ही नईं

सबकी आँखें उदास रहती हैं
ये ज़माना ही मेरे जैसा है

वो मुझे एक बार मिलना था
और ना मिलता तो भी ऐसा है

उससे मिलने की तेज ख्वाहिश में
बदली जो बसें याद हैं मुझको

गाल के तिल का तो नक़्शा है पता
हाथ की नसें याद हैं मुझको

47

जब जान पर बनी तो
मेरे पास आ गया

उसको बताओ! मुझको
सितम रास आ गया

तौबा किया था मैंने पियूँगा नई शराब
उठने लगा था मैं कि... फिर गिलास आ गया

चम्भित यूँ रुक्मणी के
रो रहे हैं श्याम क्यों

बस वो ही जानते हैं
कौन ख़ास आ गया

➡

मैं तुझसे मिल रहा था
ख़ुशी की तलाश में
घर लौट कर के बादल
फिर उदास आ गया

48

तू बोले न बोले कुछ भी
हम तो यार समझते हैं

हम भी जैसे गेसू तेरे
टूट के रोज़ सुलझते हैं।

49

मैं साँस नईं ले पाता हूँ
बस नाम तेरा ले लेता हूँ

मैं ख़ुद को छोड़े बैठा हूँ
अब जाम तेरा ले लेता हूँ

अपने होते नईं मुझसे पर
हर काम तेरा ले लेता हूँ।

मैं साँस नईं ले पाता हूँ
बस नाम तेरा ले लेता हूँ

50

उँगलियों से मुझे चलाता था
वो कोई बीन-सी बजाता था

वो छुपाता था हर किसी से मुझे
मैं उसे हर जगह दिखाता था

तू भी घुटनों के बल चलेगा दोस्त
मैं भी ऐसे ही मुस्कुराता था

तू तो फिर भी ज़रा-सा होश में है
मैं तो ख़ुद को ख़ुदा बताता था

रात भर इंतज़ार करके सुबह
प्यार को बेवजह बताता था

राहगीरों को लूटता हूँ अब
वरना मैं रास्ता बताता था

51

चल ना बातें करते हैं!
चल ना रातें जगते हैं!

चल ना जुगनू बनते हैं!
रात को जो चमकते हैं!

चल नज़ारा बदलते हैं!
चल ना यादें पलटते हैं!

चल ना बारिश का मौसम हैं!
आसमाँ से टपकते हैं!

तू बताना मुझे क्या-क्या तूने सुना!
कैसे बीती अभी तक उमर तेरी!

मैं बताऊँगा मैं क्या समझता हूँ तुझको
पड़ी क्यों थी तुझपे नज़र मेरी!

ये सुना था जी मैंने, हाँ रखती हो तुम भी
मुझी से छुपा कर खबर मेरी

मैं ज़माने से पिछले ज़माने में था
तब भी होती थी बातें उधर तेरी

चल ज़माने से लड़ते हैं!!
तेरे चेहरे को पढ़ते हैं

चल लकीरें बदलते हैं!
चल ना दिल से उलझते हैं!

संग यारों के चलते हैं!
चल पहाड़ों पे चलते हैं!

चल ना सर्दी के मौसम में
गर्म आहें सी भरते हैं!

सर्दियों में जो हाथों को सेको तो देती है
वैसा सुकूँ एक नज़र तेरी

मेरा छोटा सा दिल भागे लंबे कदम
होती जब भी है इसको फिकर तेरी!!

➡

मैं नज़ारा तो देखूँ
भरी चांदनी में
जो जाए तो
सूरत निखर तेरी

बीत जाए यूँ ही तेरे संग में जो है
इस सुकून में सनम उम्र भर मेरी

चल उमर भर की रखते हैं!!
चल ना बादल को तकते हैं!

चल ना कहते हैं वो बातें
जो के कहने से डरते हैं!

चल लबों से समझते हैं!
चल ज़रा गौर करते हैं!

आप धीरे-धीरे क्यों?
रोज़ दिल में उतरते हैं?

लाख कोशिश करे, ना बयां कर सके,
सादगी को ये मेरा हुनर तेरी
तू पकड़ना मेरा हाथ जब भी लगे है

➡

ज़रूरत मुझे हमसफ़र तेरी!
मैं ये सोचूँ कि कैसा लगेगा तुझे
माँगू तस्वीर तुझसे अगर तेरी

क्या खबर क्या पता, मान जाए बुरा
मैं जो पूछूँ है कितनी उमर तेरी

चल ना दूरी रखते हैं!!
चल ज़रा सा तड़पते हैं!!

एक दूजे के हो कर भी
बात पर्दे में रखते हैं

आँखों-आँखों में लड़ते हैं
तेरी दूरी से डरते हैं?

छोड़ो जाने भी देते हैं
आपके हम क्या लगते हैं

चल ना, बातें करते हैं

52

यार बहुत तन्हा हूँ मैं
हम को मिस करता हूँ मैं

कोई जो पूछे हाल मेरा
तेरा कह देता हूँ मैं

जो शायर तुम सुनती हो
उनसे तो अच्छा हूँ मैं

तू तो चुप ही रहता है
तब भी सुन लेता हूँ मैं

यही कमाई है मेरी
कि 'बादल भैया' हूँ मैं।

53

कहता था तुझे चाहता हूँ दिलो-जान से
अब तू ही गोलियाँ चला रहा जुबान से

हमने दलील दी तो कहीं रो ही न पड़े
अब कौन ही बहस में पड़े बेईमान से

कहते हैं लोग, भूल जाऊँगा तुझे एक दिन
लग तो नईं रहा अभी तक के रुझान से

तू भाग जितना दूर हो सके मेरे ग़म से
बादल हूँ, तुझे देख लूँगा आसमान से।

54

कोई देना हो तो आख़िरी पैग़ाम निकाल ले
तेरे चाहने वालों से मेरा नाम निकाल ले

फिर बाद में न फ़ोन करके याद दिलाना
कोई रहता हो तो छोटा-मोटा काम निकाल ले

मिलने की ख़ुशी दिन में भी बेहद है मुझे पर
जो हो सके मेरे लिए एक शाम निकाल ले

माँ-बाप की मर्ज़ी नईं तो कुछ भी नईं है
तू छोड़ मुझे, बैंक का एग्ज़ाम निकाल ले।

55

रात को सपने में देखा था वो कल मिलने आएँगे
मत आओ हमें कह दो, घुटनों के बल मिलने आएँगे

तू वो फूल है जो सदियों में एक बार कहीं खिलता है
हाँ तो कर, तुझसे ये सारे जंगल मिलने आएँगे

आग लगी है घर में कोई बुझाने वाला पास नईं
पर घर फिर कर लेंगे भी तो पागल मिलने आएँगे

प्यास लगी है इतनी के गर लहू मिले तो पी जाऊँ
तुझसे मिलने आए तो फिर पैदल मिलने आएँगे।

अब मेरा जीना तेरी उम्मीद से ज़्यादा कुछ भी नईं
मरने से पहले कह दो कि 'बादल' मिलने आएँगे।

56

ये मैंने कैसे-कैसे शौक़ पाल रक्खे हैं
हवा में ख़ामखाँ ही दिल उछाल रक्खे हैं

ख़ुदा गवाह मोहब्बत तो नईं की तुझसे
मगर तेरे लिए झुमके सँभाल रक्खे हैं

तुझे जितने ख़याल ज़िंदगी में आए हैं
उससे ज़्यादा तो डायरी में डाल रक्खे हैं

कभी मिलने का अगर मन हो तो आ जाना तुम
हमारी ज़िंदगी के कई साल रक्खे हैं

57

ये पूछूँ तो तुमको कैसा लगता है?
तुमको अब बस देखा ही जा सकता है?

रिश्ता क्या है पता नईं, पर कहती है,
सही-ग़लत के पार मिला जा सकता है!

58

मुमकिन है कि तुम भी मुझको चाहोगी
तुम भी मुझको चाहोगी ये मुमकिन है

तुमने मुझ को आज के दिन ही छोड़ा था
यानी मेरे हिज्र का आज जन्मदिन है।

59

मैं किसी भी हाल में रहता नईं अच्छा मगर
हाल पूछे तू तो कह देता हूँ कि अच्छा हूँ बस

माँ सुनेगी हाल तो गुस्सा करेगी, प्यार भी
इसलिए करता नईं हूँ फ़ोन, रो लेता हूँ बस

ख़ुदकुशी के रास्ते में घर तेरा है और जो
मिलके न निकला तो तू डाँटेगा तो ज़िंदा हूँ बस

60

माथे पे आ गयी है जो सिलवट को छोड़ दो
वो याद आ रहा है तो करवट को छोड़ दो

आँखों में जितनी लाज है सँभाल लो मगर
अब वक़्त आ गया है कि घूँघट को छोड़ दो

आदत बना के छोड़ना मुश्किल तो है मगर
महबूब को सँभाल लो, सिगरेट को छोड़ दो

61

मैं भी गुस्सा
तू भी पास नईं आता,

शिव का तांडव
सबको रास नईं आता

62

मैं सारा-सारा दिन उसको सोचूँ हूँ
उसको ज़रा ख़याल भी मेरा नईं आता

मुझ को उसका याद सिलेबस पूरा है
उस को एक सवाल भी मेरा नईं आता

63

बचपन न होता तो फिर ये उम्र सयानी न होती
तू होती तो पास मेरे ये नई कहानी न होती,

मैं जो मीठी धार नदी की जेब में भर के ले आता,
मेरे हाथ नई लगते तो तू भी पानी न होती।

64

बस तुम्हारे खेल का सामान हूँ, तो ठीक है
तुम बसी हो फिर भी मैं वीरान हूँ, तो ठीक है

जानकर रोना-रुलाना ये तो तुम्हारे शौक हैं
मैं ज़रा इस खेल से अनजान हूँ, तो ठीक है

छोड़कर जाना मुझे वैसे तो बनता था नईं
पर जो कहती हो के मैं ज़िंदान हूँ, तो ठीक है

न तुम्हारी आँख का काजल बना तो क्या हुआ
न तुम्हारे घर का पायदान हूँ तो ठीक है।

65

इंटरनेट की सर्फ़िंग मेरी दुश्मन है
और ये ओवरथिंकिंग मेरी दुश्मन है

जब तू नईं होता तो ज़्यादा बढ़ती है
मेरे दिल की बीटिंग मेरी दुश्मन है।